LA RÉCONCILIATION.

PETITE PIECE EN UN ACTE.

Prix , 12 sols.

A PARIS,

Chez BRUNET, Libraire, rue Mauconseil, à côté
de la Comédie Italienne.

M. DCC. LXXXII.

AVERTISSEMENT.

CE petit Drame m'a paru touchant; j'ai suivi l'original autant que je l'ai pu. Ceux qui l'ont lu dans l'estimable traduction de M. Friedel, verront bien qu'il m'a fallu, de tems en tems, substituer à des choses absolument locales, des détails moins étrangers à nos mœurs. L'enfant est plus âgé dans Wesel que dans ma traduction; de maniere qu'il ne m'a guere été possible de profiter de ce qu'il lui fait dire. Je me suis permis d'autres additions, & je n'en préviens ici que pour justifier d'avance l'Auteur Allemand, des fautes qu'on pourroit lui reprocher, & qui sont peut-être les miennes.

Je n'attends le succès de cette bagatelle, à la représentation, que du talent des Acteurs : j'ai esquissé, c'est à eux de peindre.

PERSONNAGES.

GERGUEIL, *en habit uniforme, boutonné jusqu'en bas ; cocarde noire.*

ROMIGNY, *en vieil habit militaire ; infirme.*

CHARLES, *habillé à l'Angloise, les cheveux épars ; le colet de la chemise rabattu sur la veste.*

L'AUBERGISTE, *en veste blanche & tablier.*

La Scene repréfente une chambre d'Auberge.

LA
RÉCONCILIATION.

SCENE PREMIERE.

*Le Théatre repréfente une chambre de l'Hôtellerie;
Gercueil entre en habit de voyage. Il met fur la table
une paire de piftolets, après avoir fait quelques tours
d'un air penfif : il ôte fon épée, la place à côté des
piftolets, fe jette avec fureur fur un fauteuil, & dit :*

GERCEUIL.

O sort impitoyable ! me voici dans le centre de la
France, & je ne l'ai pas trouvé ! Je le cherche depuis
deux ans, & c'eft envain. J'ai parcouru l'Allemagne,
la Suiffe & la Hollande, & je n'ai pas rencontré le
cruel dont les calomnies m'ont affaffiné. La foif de
fon fang me brûle, me déchire (*Il tire fa bourfe, &
compte fon argent*). Encore dix louis ! Quand je
n'aurai plus rien, que ferai-je ? Irai-je mendier hon-

teufement des fecours, ou les arracher par des crimes ?
Eh ! que m'importe ? La faim, le mépris, l'indi-
gence, je fouffrirai tout, fi j'ai percé le cœur de
Romigny, fi fon fang a coulé, fi je l'ai vu, fi ma
main l'a verfé.

S C E N E I I.

GERCUEIL, L'AUBERGISTE.

L'Aubergiste.

JE vous demande mille pardons, Monfieur, fi je
vous ai fait refter trop long-tems dans un lieu fi peu
digne de vous. Votre chambre fera bientôt prête.

Gercueil.

Tu n'as point d'autres Voyageurs ?

L'Aubergiste.

Non, Monfieur.

Gercueil.

Point d'Officiers ?

L'Aubergiste.

Oh ! non, Dieu merci.

Gercueil *le faifit à la poitrine.*

Miférable, tu n'eftimes pas les Officiers ?

L'AUBERGISTE, *effrayé.*

Pardonnez - moi, Monfieur, beaucoup, infiniment ; mais je n'aime point à les loger.

GERCUEIL.

Impertinent coquin !

L'AUBERGISTE.

Oui, Monfieur; mais j'ignorois.... Au refte, Monfieur nous fera-t-il l'honneur de s'arrêter pour dîner? Pourroit-on lui demander ce qu'il aime?

GERCUEIL.

Bourreau ! demande-moi plutôt qui je hais, & découvre-moi l'afyle où le traître s'eft réfugié.

L'AUBERGISTE, *à part.*

Quel chien d'homme : on ne peut rien lui dire. (*Charles arrive, prend l'Aubergifte à part, & lui parle d'un air fuppliant : l'Aubergifte fait un gefte de refus ; Charles fe retire affligé*).

GERCUEIL, *à part.*

Cet enfant eft intéreffant; mais non : c'eft Romigny lui-même. Illufion d'un cœur préoccupé ! tout m'offre les traits de mon déteftable ennemi. — Quel eft cet enfant ?

L'AUBERGISTE.

C'eft le fils d'un vieil Officier eftropié.

GERCUEIL.

Tu le nommes !

L'Aubergiste,

Ma foi je n'en sais rien; je ne m'en suis jamais informé, comme je le garde chez moi par charité.

Gercueil, *furieux.*

Par charité, traître, un Officier!

L'Aubergiste.

Eh bien, non, Monsieur.... Par pitié.

Gercueil.

Par pitié!...

L'Aubergiste.

Mais comment faut-il donc dire? Il est à ma charge, il mange, il boit, il se porte mal, & ne meurt pas : j'ai beau demander de l'argent, il n'a pas un sol.

Gerceuil.

Et que demandoit cet enfant?

L'Aubergiste.

Du bois pour réchauffer son pere. Je les ai fait passer dans une autre chambre; ils disent qu'elle est trop froide.

Gercueil.

J'espere au moins que ce n'est pas pour moi qu'on l'a contraint de déloger?

L'Aubergiste.

Pardonnez-moi; je l'ai mis un peu plus haut.

Gercueil.

Dans un grenier peut-être.

L'Aubergiste.

A-peu-près. Le toit de sa chambre est pourtant moins endommagé que celui du grenier ; d'ailleurs, le tems est sec, & s'il a trop froid, il restera dans son lit.

Gercueil.

Oh ! le plus lâche & le plus inhumain de tous les hommes.... Fais apprêter ma chaise ; je ne reste point dans la maison d'un barbare.

L'Aubergiste.

Mais, Monsieur....

Gercueil.

Tu répliques ?

L'Aubergiste.

Point du tout. (*L'Aubergiste en sortant rencontre Charles*).

Charles, *à l'Aubergiste.*

Monsieur, de grace —.

L'Aubergiste.

Tenez, parlez à ce Monsieur, il est charitable.

SCENE III.

CHARLES, GERCUEIL.

GERCUEIL.

Approchez, mon enfant, approche, mon ami : je n'ai pas de charité, comme dit ce malheureux ; j'ai de l'humanité. Ton pere est infirme : qu'a-t-il ?

CHARLES.

Hélas ! Monſieur, il eſt perclus de tous ſes membres.

GERCUEIL.

Il n'a ni bien ni penſion ?

CHARLES.

Rien.

GERCUEIL.

Et de quoi vit-il ?

CHARLES.

De ce que je gagne.

GERCUEIL.

A ton âge ? & comment ?

CHARLES.

Un Négociant qui demeure ici près m'occupe à de petites choſes que je puis faire : il me paie tous les ſoirs, & je nourris mon pere de ce qu'il m'a donné.

GERCUEIL.

Ce peu d'argent ſuffit-il pour tous deux ?

CHARLES.

Pas toujours. Mais quand j'ai gagné moins , je m'en punis moi-même.

GERCUEIL.

Comment cela, mon ami ?

CHARLES.

Je dis à mon pere que je n'ai pas d'appétit, ou que le Négociant m'a fait dîner chez lui : mon pere le croit : sa part se double, & je ne sens pas ma faim, tant j'ai de plaisir à satisfaire la sienne.

GERCUEIL, *à part.*

Il m'émeut jusqu'aux larmes. (*Haut*). Mon ami , je t'aime ; ton ame est belle ; elle est belle, crois-moi, je n'ai jamais menti. Tu seras heureux, le Ciel est juste ; en attendant, c'est à moi d'adoucir ton sort. J'ai peu de chose ; mais nous partagerons comme deux freres.

CHARLES.

Comme deux freres!

GERCUEIL.

Oui mon ami. Je suis le frere de tous les malheureux. Et dis-moi, ne puis-je embrasser ton pere & le féliciter de ton courage ?

CHARLES.

Hélas! Monsieur, il n'ose se montrer ; & puis notre chambre est si froide & si misérable.

GERCUEIL.

Le coquin d'Aubergiste! Et comment se nomme-t-il ton pere ?

CHARLES.

Le Capitaine Romigny.

GERCUEIL, *furieux, & sautant sur ses pistolets.*

Le Capitaine Romigny !

CHARLES.

Monsieur.... Quelle fureur !

GERCUEIL, *d'une rage étouffée.*

Ton pere peut-il remuer un bras ?

CHARLES.

Pas un seul de ses membres.

GERCUEIL.

Il n'est pas même en état de tirer un pistolet ?

CHARLES.

Non, assurément. (*A part*). Il me fait une peur.

GERCUEIL, *jette avec colere ses pistolets sur la table.*

Mon ami, ce transport m'est échappé : rassure-toi ; n'en dis rien à ton pere, & promets-moi qu'il ne le saura pas.

CHARLES, *les larmes aux yeux.*

Promettez-moi donc de ne lui faire aucun mal, ou de m'en faire à sa place, si vous le haïssez ?

GERCUEIL.

Je te jure de respecter son malheur. Tu peux m'en croire. Je ne suis pas un méchant. Aubergiste !

SCENE IV.

L'AUBERGISTE, GERCUEIL, CHARLES.

GERCUEIL.

Qu'on ramene à l'instant le Capitaine Romigny dans cette chambre ; j'occuperai la sienne.

L'AUBERGISTE.

Monsieur ne partira donc pas?

GERCUEIL.

Que t'importe?

L'AUBERGISTE.

Mais...

GERCUEIL.

Point de mais.... Obéis. (*A Charles*). Va retrouver ton pere : dis-lui qu'un inconnu veut le voir & lui parler, & qu'il ne rougisse pas de sa misere : elle l'honore & m'appaise. Je l'abhorrerois, s'il étoit heureux.

CHARLES.

J'y cours. (*Ils sortent tous les deux*).

SCENE V.

L'AUBERGISTE.

Robert! Michel! (*Ils paroissent*). Montez chez le Capitaine; donnez-lui le bras pour l'aider à descendre, & ramenez-le dans cette chambre-ci.

SCENE VI.

L'AUBERGISTE, *seul.*

JE ne ferois pas étonné qu'il refusât d'y rentrer : je ne connois rien de plus fier que ces gens-là, quand ils font gueux ; ils ne le font gueres moins quand ils font riches ; ils ne gagnent rien à fe ruiner.... Et cet autre qui m'injurie, parce que je n'ai pas la complaifance de mettre le Capitaine dans mon plus bel appartement, il me traite d'inhumain ! Demandez-moi ! je fuis humain tout comme un autre, mais je ne fuis pas fâché qu'on paie.

SCENE VII.

L'AUBERGISTE, LE CAPITAINE, *foutenu par deux garçons d'Auberge, dont l'un tient fon épée qu'il fufpend dès que le Capitaine eft affis. Charles donne la main à fon pere*

L'AUBERGISTE, *d'un ton patelin.*

VENEZ, venez, Monfieur le Capitaine. Je ne vous ai fait quitter cette chambre que pour donner à mes garçons la liberté de la nettoyer à leur aife. Demeurez-y maintenant. Je fuis flatté de pouvoir obliger un homme auffi refpectable que vous.

LE CAPITAINE, *froidement.*

C'eft affez, Monfieur ; laiffez-moi.

L'AUBERGISTE ;

L'AUBERGISTE, *à part.*

Regardez, il ne me remercie seulement pas ; &
puis soyez utile. (*Il sort*).

SCENE VIII.

ROMIGNY; CHARLES, *à côté du fauteuil
de son pere.*

ROMIGNY.

Tu dis qu'il veut venir me voir ?

CHARLES.

Oui, papa : certainement il ne tardera pas.

ROMIGNY.

Qui pourroit-ce être ?... Il ne t'a pas dit son nom ?

CHARLES.

Non, mon papa.

ROMIGNY.

Je ne sais sur qui m'arrêter.

CHARLES.

Je suis sûr que c'est un homme généreux. Il dit
qu'il n'est pas riche, & cependant il nous offre la
moitié de sa bourse.

ROMIGNY.

Que je l'aime sans le connoître ! & qu'il est con-
solant pour les infortunés de rencontrer une ame
sensible qui s'intéresse à leur sort ! Homme honnête !
tu t'assures bien des droits à ma reconnoissance! Est-
ce un Militaire ?

B

CHARLES.

Oui papa.

ROMIGNY.

Tant mieux, ses secours ne m'humilieront pas.

CHARLES.

Son habit m'a donné bien des regrets.

ROMIGNY.

Et quels regrets, Charles?

CHARLES.

De ne pas en porter un pareil, pour aller me battre aussi.

ROMIGNY.

Te battre! Et ton pere! ton malheureux pere!

CHARLES.

J'en chargerois mon meilleur ami.

ROMIGNY.

Charles, il n'est point d'ami qui puisse remplacer un bon fils; tu l'as toujours été jusqu'à présent; tu m'as soigné, tu m'as nourri; continue : si tu me dé-laissois chez un étranger, il me négligeroit; ton pere manqueroit de tout, & tu n'en saurois rien; tes en-fans t'oublieroient un jour comme tu m'aurois oublié. Reste auprès de moi, mon ami. Je n'ai pas long-tems à voir mon cher petit Charles; il est juste que ce soit lui qui me ferme les yeux.

CHARLES.

Papa, ne dites point cela, ne le dites jamais; voilà que je suis tout en larmes!

ROMIGNY.

Hé bien, je n'en parlerai plus ; donne-moi ta main, donne : va, mon ami , tu feras récompensé du Ciel ; mais il faut que tu me promettes une chose.

CHARLES.

Quoi , mon papa ?

ROMIGNY.

Je n'ai qu'un ennemi sur la terre : j'en aurois cent , que je les haïrois moins que celui-là. Son nom est Gercueil , s'il n'en a point changé. Dès que tu le pourras, cherche-le. Fais contre lui l'essai de tes forces & de ton courage ; jette-le sur la poussiere, & dis-lui : C'est Romigny qui te punit ; c'est son fils qui te tue ; mon pere est satisfait.

CHARLES.

Hélas , papa ! qu'a-t-il donc fait ?

ROMIGNY, *avec chaleur.*

Ce qu'il m'a fait ? Il m'a flétri par des calomnies déshonorantes ; il m'a réduit à l'état où je suis , en éloignant de moi les récompenses de l'État ; il a chargé ma vieillesse de honte & de misere. (*On frappe*).

CHARLES.

Papa , j'entends cet étranger.

ROMIGNY.

Cours, mon fils ; reçois cet homme estimable comme il le mérite. (*Charles prend Gercueil par la main , & le conduit à son pere*).

SCENE IX.

ROMIGNY, GERCUEIL, CHARLES.

R O M I G N Y, *faisant un effort.*

SI je pouvois me lever & l'embrasser !

G E R C U E I L, *fiérement.*

Romigny !

ROMIGNY, *se rejettant avec horreur sur son fauteuil.*

Quelle voix !... c'est Gercueil ! O rage !

G E R C U E I L.

Romigny, nous sommes ennemis.

R O M I G N Y.

Oui, traître, nous le serons à jamais.

G E R C U E I L, *froidement.*

Je te cherchois pour assouvir ma haine : je te rencontre souffrant & malheureux. Voici deux pistolets, voilà ma bourse ! c'est tout ce qui me reste : choisis.

R O M I G N Y *s'empare d'un pistolet.*

Je n'hésite pas.

G E R C U E I L.

Je suis satisfait : je t'offre le combat ; tu ne peux l'accepter : adieu.

R O M I G N Y, *vivement.*

Je l'accepte : arrête ; me dédaignes-tu, cruel, où fuis-tu ?

G E R C U E I L *revient.*

Moi, fuir ! tu ne le crois pas.

R O M I G N Y.

Demeure donc, & finissons.

(*Gercueil prend un pistolet*).

C H A R L E S *se jettant dans les bras de son pere:*
Épargnez mon pere, il est infirme... (*A Romigny*).
Mon pere, songez à moi : Charles resteroit donc
seul ! Monsieur, de grace.

G E R C U E I L.

Mon ami, ce n'est pas à moi qu'on apprend comment il faut agir. Romigny, ta main est armée : tire...
tu le peux ; j'attends le coup sans effroi. Quant à
moi, je ne me bats pas contre un ennemi blessé :
chacun a sa maniere ; voilà la mienne. (*Gercueil
lache son coup de pistolet par la fenêtre*).

R O M I G N Y.

Homme féroce & généreux, veux-tu pousser la
cruauté jusqu'à me forcer encore de t'aimer ?

G E R C U E I L.

Tu peux me haïr ; mais sois juste. Quoi ! tu m'as
traité d'infâme délateur, & c'est toi qui cherches à
punir un outrage que je ne t'ai point fait ?

R O M I G N Y.

Que tu ne m'as point fait ? N'as-tu pas eu l'injus-
tice de noircir une action malheureuse ? N'as-tu pas...

G E R C U E I L.

Arrête ; lis cette lettre, & rougis...

ROMIGNY, *après avoir lu.*

Je suis confondu ! Gercueil que j'accusois... C'est lui qui m'a protégé ! c'est à la sollicitation de Gercueil que j'obtiens le prix de mes travaux & du sang que j'ai versé ! Ne puis-je tomber à tes pieds ? Aide-moi, Charles, aide-moi...

GERCUEIL.

Point de remercîmens : qui ne fait que son devoir n'a rien mérité.

ROMIGNY.

Plus tu t'éleves à mes yeux, & plus tu m'avilis : mais l'orgueil ne peut lutter contre ma reconnoissance : approche, que je te serre dans ces bras sans force.

GERCUEIL.

Non, Romigny, nous sommes encore ennemis.

ROMIGNY.

Gercueil !

GERCUEIL.

Eh bien !

ROMIGNY.

Si notre inimitié subsiste, si tu me hais encore, ta générosité n'est qu'une injure : tue-moi ; tu n'as rien réparé.

GERCUEIL, *après une pause, pendant laquelle Charles lui tient les mains, & le caresse.*

Tu m'éclaires ! Mes ressentimens sont éteints ! Embrassons-nous. (*Ils s'embrassent*).

CHARLES.

Et moi ?

GERCUEIL.

Ton pere n'auroit ceſſé de m'être odieux, que tu m'aurois toujours été cher. Adieu, Romigny : nous nous réunirons.

ROMIGNY.

Ta bourſe ! Reprends donc ta bourſe !

GERCUEIL.

N'as-tu pas dit que nous étions amis ?

ROMIGNY.

Oui, ſans doute.

GERCUEIL.

Eh bien, les amis ne ſe donnent rien ; ma bourſe t'appartient, puiſqu'elle eſt à moi.

ROMIGNY.

Quel homme je haïſſois !

F I N.

Vu l'Approbation, permis de repréſenter, & d'im-rimer. A Paris, ce 24 Juillet 1782. LE NOIR.

————————————

De l'Imprimerie de VALADE, rue des Noyers.